Cuando el elefante camina

Cuando el

Keiko Kasza

http://www.norma.com

Barcelona, Buenos Aires, Guatemala, Lima, México, Miami
Panamá, Quito, San José,
San Juan, Santa Fe de Bogotá, Santiago de Chile,
Santo Domingo, Sao Paulo.

elefante camina

Kasza, Keiko
Cuando el elefante camina / autora e ilustradora Keiko Kasza ; traducción Mercedes Guhl. -- Bogotá : Grupo Editorial Norma, 2006.
32 p. : il. ; 24 cm. -- (Buenas Noches)
Título original : When the Elephant Walks.
ISBN 958-04-9468-1
1. Cuentos infantiles japoneses 2. Animales - Cuentos infantiles 3. Jabalí - Cuentos infantiles 4. Ratones - Cuentos infantiles I. Guhl, Mercedes, 1968- , tr. II. Tít. III. Serie.
I895.65 cd 19 ed.
A1083075

CEP-Banco de la República-Biblioteca Luis Ángel Arango

Título original en inglés:
When the Elefant Walks, de Keiko Kasza
Publicado en español por acuerdo con G.P. Putnam's Sons,
un sello editorial de Penguin Putnam for Young readers,
una división de Penguin Putnam, Inc.

A.A. 53550, Bogotá, Colombia

Traducción de Mercedes Guhl
Diseño y diagramación de Patricia Martínez Linares

Impreso por : Gráficas de la Sabana Ltda
Impreso en Colombia – Printed in Colombia
Octubre de 2006

C.C. 12179
ISBN 958-04-9468-1

22º Reimpresión, octubre *de 2006*

Para Alexander Taisuke Kasza

Cuando el elefante camina...

...asusta al oso.

MIEL
MIEL

Cuando el oso sale corriendo...

...asusta al cocodrilo.

COCO
DIARIO

Cuando el cocodrilo se lanza al agua para ponerse a salvo...

...asusta al jabalí.

Cuando el jabalí corre a buscar refugio…

...asusta a la señora mapache.

Cuando la señora mapache
sale a correr con su bebé...

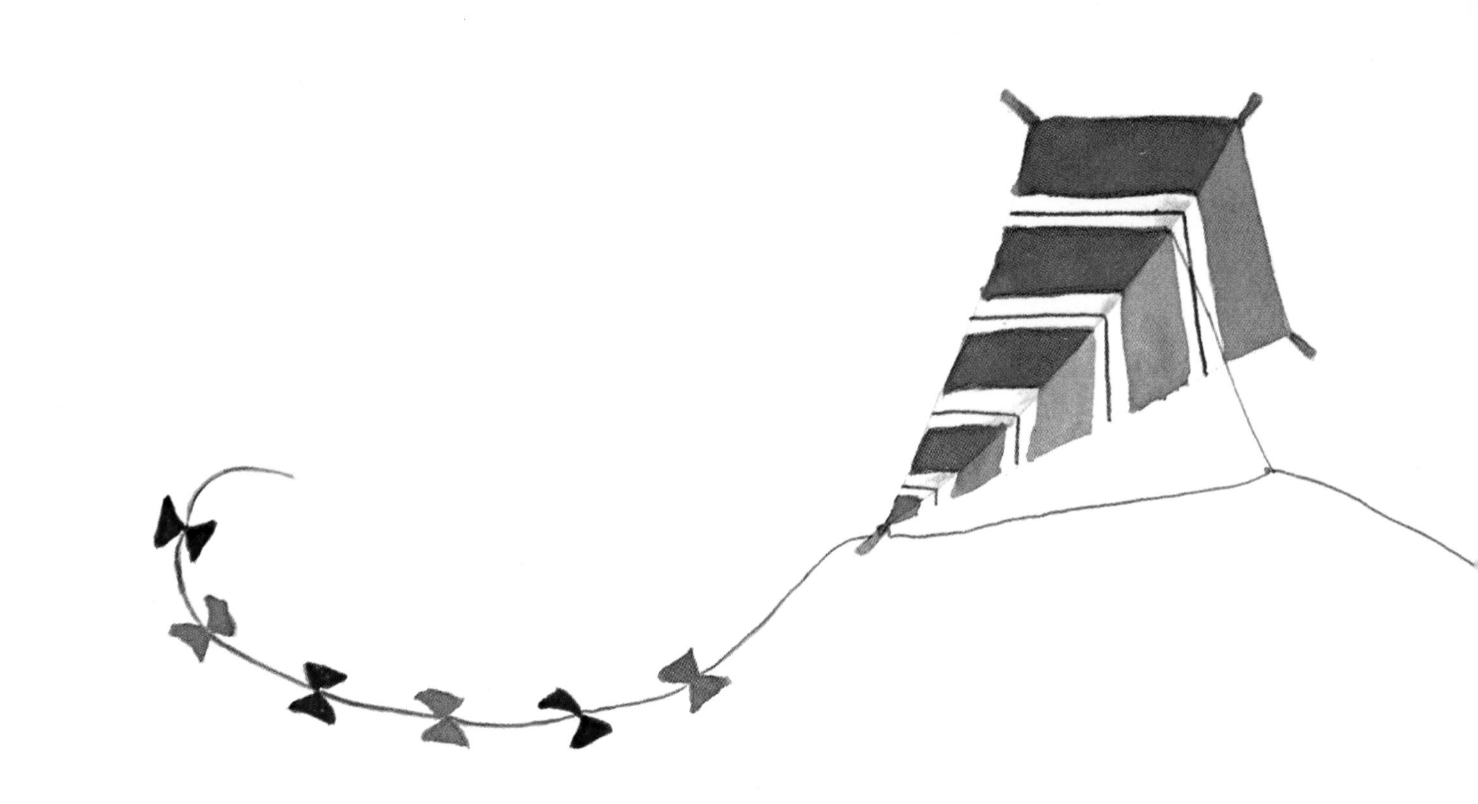

...asusta al ratoncito.

Y cuando el ratoncito
huye aterrorizado...
¿a que no adivinan
quién siente miedo de él?